Petit Lapi

au ZOO

Retrouve toutes les aventures de Petit Lapin Blanc !

Petit Lapin Blanc au zoo

Gautier-Languereau

Aujourd'hui, Petit Lapin Blanc va au zoo avec César et son papa.

« Il y a tout plein d'animaux !

Des crocodiles, des ouistitis... youpi ! »

ZOO

« Et voici madame la girafe ! » dit César.
Petit Lapin Blanc n'en croit pas ses yeux :
« Waouh, son cou est encore plus long
qu'un toboggan ! »

« Oh ! regardez les zèbres
avec leurs drôles de rayures !
On dirait qu'ils sont en pyjama.
– Et maintenant, allons dire bonjour
aux éléphants » propose César.

Petit Lapin Blanc est impatient.
Mais arrivé devant l'éléphant,
il est tout impressionné.
« Comme il est grand ! »

« C'est une maman éléphant,
explique le papa de César.
Elle s'appelle Trompette.
Tu veux grimper sur son dos ? »
Petit Lapin Blanc n'a pas très envie.
C'est bien trop haut pour lui !

Mais voilà un éléphant plus petit !
« Je te présente Tambour, le bébé
de Trompette. Il est un peu peureux. »
Petit Lapin Blanc lui donne doucement
à manger. Miam... Quel gourmand !

Le petit éléphant est content,
il n'a plus peur maintenant.
Petit Lapin Blanc est ravi :
il est rassuré lui aussi.
Et si on jouait à cache-cache ?

Petit Lapin Blanc et Tambour
se font un gros câlin.
« Je crois bien que tu t'es fait
un nouveau copain » dit César.
Et hop ! Petit Lapin Blanc grimpe
sur le dos de l'éléphanteau.

César, lui, monte sur la maman éléphant.
« C'est parti pour la promenade
des géants ! En avant ! »
s'écrie Petit Lapin Blanc.
Le zoo, c'est trop rigolo !

D'après l'œuvre de Marie-France Floury & Fabienne Boisnard,
publiée aux Éditions Hachette Livre / Gautier-Languereau.

D'après la série animée *Petit Lapin Blanc*
réalisée par Virgile Trouillot & Reignier Rampangajouw
La première fois que j'ai fait un tour d'éléphant,
écrit par Manon & Muguette Berthelet

rédacteur : Cécile Beaucourt
ISBN : 978-2-01-226340-6
Dépôt légal août 2011 – édition 01
Loi n°49-956 du 16 juillet 1949
sur les publications destinées à la jeunesse
Imprimé en Malaisie

Petit Lapin Blanc
Pour grandir tendrement !